인향문단 시선

키 작은 소나무길

성아 김미숙

시인 : 김미숙
아호 : 성아
부산 출생
사)문학愛 정회원
문학愛 통권 특선집 참여
Sns작가협회 회원
시집&에세이 월간시선 참여
공감문학 소식지 참여

인향문단 시선 008

키 작은 소나무길

초판 인쇄일 2019년 7월 15일
초판 발행일 2019년 7월 15일

지은이 성아 김미숙
펴낸이 장문정
펴낸곳 도서출판 그림책
디자인 토마토
출판등록 제2010-000001
주소 경기도 수원시 영통구 이의동 웰빙타운로 70
연락처 TEL(010)2676-9912
E-mail khbang21@naver.com

키 작은 소나무길

성아 김미숙

아름다운 환상의 하모니

– 이형동 시인

학창 시절을 부산에서 보낸 후 제 2의 고향 경기도 일산에서 터를 잡고 평범하게 가정 생활을 이어가면서 문인의 꿈을 이루기 위해 부단히 노력한 결과 사) 문학愛에서 시부분 신인상을 수상하였고 공감예술문학에서 실시하는 자유시 부분에서 우수상과 본상 2관왕의 영예를 차지하였다. 현재, 여러 문학단체에 가입하여 폭넓은 예술적 보폭을 구가하면서 명망 있는 작가의 길을 걷고 있다. 김미숙 시인의 시적 세계는 크게 두 가지 경향을 보이고 있다.

첫째, 가녀리면서도 선명한 시적 언어로 출발하여 행간마다 섬세하고 부드럽게 그리움을 담아내고 있다.

둘째, 여린 감성에서 나오는 뛰어난 관찰력과 상상력을 통해 시적 대상을 노래함으로써 시인 자신이 몸소 겪어 낸 구체적 체험을 심미적 감각으로 표현한 고운글이 장점이다.

시인은 글을 쓰고 읽는 건 당연하다. 혼신을 다해 자기의 모든 시 세계를 다 담으려 노력하고 고민한다.

1. 인연 2

갸느린 끈 하나 붙들고
난
그걸 인연이란다

붙든 마음 놓지 못해
난

그것도 인연이란다

보이지도
만져지지도 않는
나만의 끈

한 번씩 생각나고
한 번씩 느껴지고
한 번씩 보고프고
난
그걸 또 인연이란다

갸느린 끈 놓고 싶지만
갸느린 끈 하나 없지만
그런데도 놓지 못하고
붙들고만 싶어
난
그것도 인연이란다.

– 인연 2 전문

김미숙 시인이 들려주는 이야기는 하나의 작품이다. 색과 향기, 어둡고, 외롭고, 가식과 진실, 살아가면서 만나고 헤어짐을 통해 인연의 업을 나타내고 있다. 소매깃만 스쳐도 인연이라 했는데 갸느린 끈 하나 붙들고 난 그걸 인연이란다. 인연 같은 추상적인 언어로 반복과 강조로 시적 이미지화를 시키는데 성공한 작품으로 아포리즘의 성격이 강하게 나타낸 글이며 시인의 따뜻한 마음을 엿볼 수 있는 글이다.

2. 한 장의 사진이

딸은 말이야
결혼해 애기 낳아 보면
부모 마음 안다던데
그 마음 잊고 있었다

세 아이 낳고 키우면서
내 곁에 안 계신 부모님
원망스러웠는데

너무 일찍 내 곁을 떠나셨기에
엄마 아버지 얼굴
아무리 떠올려 보려 해도
기억나지 않았지

조카가 보내준
한 장의 사진

곱디고운 한복 차려입으시고
나란히 앉아 찍으신
마지막 사진을

울컥
가슴에서 뜨거움을 느꼈다

그제서야 떠오르는
잊고 있었던 부모님 얼굴
원망이 묻어 있어
잊어버린 건 아니었을까

일찍 가셨기에
막내딸
안 보고 싶은지 묻고 싶고
외손주들
안 보고 싶나 묻고 싶었다

이렇듯
한 장의 사진으로 인해
나는
울보가 되어버렸다.

– 한 장의 사진이 전문

슬프다는 것은 시를 형상화 하여 언어로 그림을 그린다는 뜻이다 얼
룩으로 번진 한 장의 빛바랜 사진, 추상적인 언어를 시적으로 이미지
화시켜 구체적이고 명료한 시적 대상을 노래함으로써 관념적이고 추
상적인 속성들을 삶의 궤적에 맞게 나타내려는 시인의 울음과 흐느
낌, 그리고 고백을 다양한 무늬로 표현하고 있다. 사진 속에는 시인의
절실한 사랑이 숨 쉬고 있으며 반복으로 리듬감을 살리고 있다. 한 장
의 사진이 불러오는 수평적 의미는 근원적 감각을 통한 시적 확장 그
리움과 쓸쓸함, 동의어로 오버랩 되는 독특한 사유로 감동과 공감 재
미를 더해주고 있다. 이 때문에 시인의 감성이야 말로 독자들의 영혼
을 치유하는 힘을 가지며 메시아적 존재로 시를 더욱더 시로 만들고
있다.

– 이형동 시인

성아 김미숙 창작시집 - 키 작은 소나무길

CONTENTS

인향문단 시선

키 작은 소나무길

산수유 꽃 피거던

유난히 흐린 날 오후
노란 산수유 꽃을 피운다

빛을 잃은 하늘은
곧 빗방울 떨어질 거 같고

작년에 맺힌 붉은 열매
그리도 추웠던 한겨울 잘 버티고
가지 끝에 대롱대롱 달려있구나

노란 산수유 꽃을 보니
진짜 봄이 온 거 같으네

변치 않을 마음 갖고
우리를 찾아왔기에
더 애틋한 건 아닐까 싶다

변덕쟁이 봄의 비위를
어찌 맞추려나.

인연 1

인연이란
무엇일까 생각해 보았다

한번 맺은
인연의 끝은 어디일까

어렵게 맺은 인연 아니던가
쉽게 놓지 못할 인연 아니던가

바람이 불어온다
마음을 흔들어 놓지만
끌려가지 않으리라

목이 마르다
답답했던 가슴이었지

떨어지는 낙엽이 아닌
푸른 이파리이고 싶다

편안한 마음에
말간 하늘이 보인다.

인연 2

갸느린 끈 하나 붙들고
난
그걸 인연이란다

붙든 마음 놓지 못해
난
그것도 인연이란다

보이지도
만져지지도 않는
나만의 끈

한 번씩 생각나고
한 번씩 느껴지고
한 번씩 보고프고
난
그걸 또 인연이란다

갸느린 끈 놓고 싶지만
갸느린 끈 하나 없지만
그런데도 놓지 못하고
붙들고만 싶어
난
그것도 인연이란다.

라일락 그 기억에

아련한 보고픔에
꽃망울 품었다가

첫사랑
그 그리움에
라일락 꽃향기 피운다

바람에 스치어
멈춘 발걸음

바람이 놓고 간
기억의 한 조각들

누군가 부르는 거 같아
뒤돌아보지만 아무도 없고

라일락 꽃향기만
봄 햇살과 함께 넘어간다.

눈이 시리도록

바람에 흩날리는
작은 꽃잎 하나
살포시 가슴에 얹혔지

눈이 시리도록 아름다운데
한 잎 두 잎 꽃비가 되어
떠나갈 준비를 하네

저무는 태양은
석양을 남겨 놓았는데

노을빛에 젖은 벚꽃잎은
설레임만 남긴다

바람에 날려 온
작은 꽃잎 하나가

오늘도 마음을
들었다 놨다 한다.

행운목의 이쁜짓

진한 향기로
코끝을 자극하고

화사하게 핀 꽃으로
내 눈을 웃게 만든다

이쁘고
고맙게도
올해 또 꽃을 피웠네

올망졸망 붙어있는 꽃송이가
오늘은 너무 많이 피었기에
살짝 삐지고 싶다

오래오래 보고 싶은데
금방 떠날 거 같아서

해가 지면 꽃망울 터트리고
해가 뜨면 지고말기에
더 애닳게 만들지

묘한 향기로 자극하고
묘한 매력을 발산하는
묘령의 여인네 같으다.

시샘

오돌오돌 떨고 있는
여리디 여린 꽃잎을 어떡하나

시집 못 간 시누이 히스테리 같은
봄바람 심통을 어찌할까

따사로운 봄 햇살이 좋아서
삐쭉 고개 내밀고 나오다가
새초롬 눈 흘기고 있구나

잔뜩 심통 난 봄바람에
따뜻한 내 엉덩이도 꼼짝을 않으려
딱 붙어버렸지

꼬물꼬물 아지랭이도
당분간 쉬겠다고 그러네

화사한 꽃들과
갓 나온 새싹들
에취 ……
콧물 나오면 큰일인데.

짙은 어둠

그리움을 늘
가슴에 담아 놓고도

그리움에 늘
빈 가슴이 되어버리지

눅눅한 공기 탓 일까
깊은 한숨은 절로 나오고

눈물 한 방울 맺히면
또르륵 마음에 떨어진다

힘이 빠져버린 몸뚱이는
축 처져 눈만 말똥거리고

밤하늘은 참 무심하게도
제자리걸음이다

긴 어둠으로 들어가려는
마지막 발버둥을 쳐본다.

소생

땅속을 헤집으며
따스한 기운 불어주지만
바람은 아직도 서늘하다

그래서

연지곤지 찍은 새악시 마냥
수줍음 한가득 머금고
통통한 햇살과 함께 왔지

그런데

햇볕에 얼굴 보이면
주근깨 가득 생길 텐데 어쩐다
꽃분홍 양산도 필요할 거야

그래

삐딱구두 하나 사야겠다
뽀대나잖어
다리가 길어 보이거든

살랑살랑 바람과 함께
나풀나풀 마음은 벌써

설마

나
지금
봄바람 난 거니.

봄이 만난 눈

봄을 기다렸는데
느닷없이 눈이 내린다

시샘이었을 까
심통이었나

뽀얀 눈이 내린다
새벽녘 몰래 내릴 줄 알았더니
보란 듯이 아침부터

심통은 나한테 있었나보다
함박눈이 펑펑 내렸으면 하니

얼었던 땅의 숨통인가
마음을 녹이는 쉼인가

사브작사브작
하얀 눈이 내린다

얼른 나가서
발자욱 찍어야 하는데
자그마한
꼬마 눈사람도 만들어야 하는데

철퍼덕 녹아버린
사라진 흔적 찾으려
눈은
또 내리고 있구나.

노오란 봄 인사

바람결에
묻어온 봄바람
뺨에 닿은
차가운 칼바람

얼어버린 땅속에서
봄은
이미 꿈틀대고 있는 걸
알아채지 못했나 봐

빼꼼히
고개 밀며 나오는
노란 복수초를 알지 못했나 봐

그늘진 나무 아래
따스한 햇살이
앙상한 가지 사이로
비치고 있는 걸 몰랐나 봐

이름처럼
무서운 줄 알았는데
노란 병아리가 나올 줄이야

너
진짜로
복수하는 건 아니지.

한가득 봄 향기

작년 늦봄쯤이었을 거야
촉촉이 봄비 내릴 적에
지천으로 널린 봄 향기 따왔지

손끝이 아려왔지만
그날은 왜 그리도 재미났을까

솔솔 봄내음
코끝에도 들어오고
눈에도 들어온다

촉촉이 봄비 내릴 적에
친구들과 수다 떨며
양손 한가득 봄을 들고 왔지

아직은 춥지만
집안에 봄내음이 가득하다

쑥 향이
봄을 재촉하네.

조용한 발걸음

새벽녘 냉기에
한기가 오려는 걸 참으며
길을 나선다

달빛은 환하고 비추고
별빛이 아는 체를 하지만
고개를 푹 숙인 채

도둑고양이도 아니고
야반도주도 아니건만
조용히 길을 나선다

나만을 위한 공기 맡으며
나를 위해 떠나는 새벽길은
참 오묘하다

이른 아침 기차에 오르며
살째기 들뜬 기분은 행복했고
차창 밖 풍경은 사랑스럽기만

감미로운 핑크빛에 물들고
울창한 대숲을 거닐며
비릿한 바다내음도 좋다

사랑하는 마음이
저절로 생길 것 같다.

사랑앓이

맑은 하늘을 보는데
나는 왜 눈물이 날까

매서운 바람은 한기가 되어
허기진 마음을 파고들어
앙상한 나뭇가지가 되어간다

그리움을 갈구해 보지만
외로움은 어쩔 수 없나보다

갈 곳 잃어버린 마른 잎새가
흡사 내 모습은 아닐런 지

맑은 하늘을 보고 있지만
왜 눈물이 나지.

추운 겨울 이야기

어스름 해 질 녘
서쪽 산 중턱에 걸쳐 앉아
태양은 넘어갈 준비를 하지

활활 타오르는 모닥불 앞
시린 두 손 모으고 앉으니
매운 연기에 눈물이 난다

검은 연기 굴뚝에 피어나고
가마솥에 김이 모락모락 올라오면
배고프다 울어대는 배꼽시계

싸리나무 울타리 사이로
바람은 길 만들어 놓고
밤새 들락거리겠지

흐린 하늘에서 눈꽃이 날린다
밤새 눈이 쌓이면 뽀얀 눈 위에
살며시 발자욱 남겨야지

덜컹덜컹 방문 흔들리고
한지 위 작은 구멍 하나 뚫리니
그 사이 황소바람 얼른 들어오고

밤새 내린 하얀 눈 위에
까치가 찍어놓은 작은 발자욱
내가 먼저 찍으려 했는데

대롱대롱 매달린 감나무 위
하얀 눈송이 소복이 쌓이고
주둥이 박고 먹고 있는 까치 한 마리

사부작사부작 눈이 내리고
뽀드득뽀드득 눈 길 걷다가
덜컹덜컹 바람 따라 가려나.

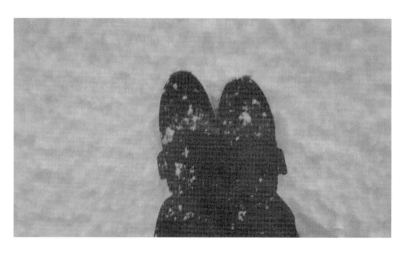

비의 랩소디

하늘을 보고 있지만
눈에는 보이지 않고
초점을 잃어버려 허공을 헤맨다

하루 종일 내리는 비
여전히 먹먹한 하늘빛

방울방울 떨어져
깊은 강물 속 허우적이다
바람결에 떨어진 낙엽 한 잎 붙든다

누구의 눈물은 아니겠지
누구의 마음도 아닐 거야

간신히 붙든 낙엽에 매달려
흐르는 데로 가고픈 나는 아닐까

잿빛 하늘처럼
흐린 마음으로 말이지.

길모퉁이 돌아

고운 단풍나무 그늘지나
오른쪽 길모퉁이 돌아가면
빨간 우체통 입 벌리고 있지

뽀얀 먼지 뒤집어쓰고
배고프다 아우성치면서

불빛이 비치는 창문 앞에 앉아
밤새 손편지 정성스레 쓰며
우표에 침 잔뜩 묻혀 붙이기도 했는데

우체국 담벼락에 담쟁이 넝쿨은
오늘도 저만치 뻗어가네

보내야 할 소식은 한가득인데
주소를 알 수가 없어
아쉬운 마음만 우체통에 넣는다

우체국 앞 지나칠 때마다
한마음
두 마음
아쉬운 마음만 보내 본다.

하늘 한가득

늦가을
하늘은 왜 이렇게 이쁠까나

움푹 패인 가을날 아쉬움을
붉디붉은 낙엽으로 가려놓고
파란 하늘은 능청을 떨고 있구나

구름 한 점 잡아서
휘리릭 하늘에 뿌려 놓으니
생명을 불어넣은 듯 살아 움직이고

꿈틀꿈틀 비집고 나오는 붉은 석양
감감한 밤하늘 마중을 나온다

늦가을 능청에
한 번은 속아주련다.

낙엽길 걷다 보니

촉촉이 젖어
발끝에 밟히는 낙엽

오른발 왼발 발맞추면서
나란히 걷고 싶은 낙엽길인데

혼자 걸어가야 하는
이 길의 끝자락

목덜미를 스치는 차가운 바람
움츠러드는 어깨가 싫다

넘어가는 석양은
긴 그림자만 남겨놓았지

바람에 떨어지고
바람 따라 흩날리니
바람에 떠나간 사랑이리라.

감 떨어질 때

마을 어귀
커다란 감나무 한 그루는
동네 사람들 사랑방이라

평상 위 아이들 재잘거림에
어르신들 목소리는 더 커지고
한나절 햇살의 눈부심에
노곤한 몸 뻗고 누웠네

감나무에 가려진 뜨거운 태양
약이 바짝 올랐고
악을 쓰며 울던 매미도
기운 빠져 잠시 쉬고 있는 중

어느덧 하늘은 높아지고
서늘한 가을바람 불어오면

감나무 이파리에 물감 뿌린 듯
붉은 단풍 물들여 놓았지

뜨거운 햇살에 영글던 열매는
맑은 가을바람에 익어 가고

감나무 아래 평상 위
까치가 먹다 던져 놓은
붉은 감 하나 떨어지며
하늘에서 하얀 눈이 내린다

앙상한 나뭇가지 위
대롱대롱 달린 홍시 몇 개
까치밥 주려고 남겨 놓았지

평상 위에 누워 입 벌리면
먹음직한 홍시 하나 떨어지려나.

곧으라하네

하늘 끝 맞닿은
작은 오솔길

바람결 따라 대나무는
춤추며 노래하고
이름 모를 새들의 지저귐은
귀 끝을 간지럽힌다

한 발 한 발 디딜 때마다
발끝에서 들려오는 작은 울림들

대나무의 곧은 기개에
움츠려드는 건 어찌할 건가

괜히 고개 들어
하늘 한 번 쳐다보았다.

가을로의 산책

적당한 바람과
적당히 높은 가을 하늘

나뭇잎 붉은 옷 갈아입고
싱그런 바람에 떠밀려
가을 한가운데로 들어와 버렸다

떼굴떼굴 굴러가던 마른 이파리
뒤돌아보며 손짓하는데
쫄래쫄래 따라가다 보니

맑은 마음이 생길 거 같아
넓은 가슴으로 포옹하려고.

그날의 저녁 풍경

어스름 해질 녘
빼꼼히 얼굴을 내밀더니
뭐가 그리 바쁜지 금세 사라진 달빛

오늘은 유별나게
가로등 불빛 밝아 보인다

길고양이 한 마리 온갖 무게 잡으며
어슬렁 거들먹거리는 게
여친이라도 생겼나보다

우두커니 창가에 기대어
바깥 내다보지만 들리는 건
시원스레 달리는 자동차뿐

들려야 할 우리 집 현관문 소리는
고이 잠만 자고 있는데

한바탕 소나기가 시원스레
퍼붓기 시작한다

팔딱팔딱 싱싱한 물고기처럼
웅덩이에 발 담그며 뛰어다니던
어린 소녀를 보았다

늙어가는 걸 한탄하는 아줌마가 아닌
여리고 천진했던 한 소녀를.

가을 그리움에

저녁 어디쯤일까
꼭 나타나 울어주는 귀뚜라미
누구의 허락 받고 저럴까

나는 허락한 적이 없는데

그대가 부탁했나요
옆에서 대신 떠들어주라고

내가 심심해할까 봐
저리도 요란스레 합창을 하네

나는 허락한 적이 없는데

깊어가는 가을밤이며
언제든 찾아와 곁을 지켜주지만

나는 그대가 더 그립지요
바람결에 묻어와
마음만 설레게 해 놓고 말이지.

님은 먼곳에

자그마한 일탈을 꿈꾸며
작은 가방 하나 들었다

푸르디푸른 나뭇잎이 흔들리고
내 마음도 살짝 흔들려 보련다

뜨거운 햇살이 내리쬐는 하늘에
편안히 쉴 곳과
편안히 기댈 곳을 찾지만
오늘은 아닌가 보다

앙증맞은 호숫가를 거닐며
맑은 하늘이 참 밉다며
혼잣말로 중얼거려보았다

호숫가 물비늘 아름다운데
햇살에 부딪혀 눈이 부시다

소소한 일탈의 기쁨에 빠져보며
흔들리는 다리를 거닐며
흔들리는 마음을 추스려 본다.

눈먼 사랑아

외로움을 끌어안고
늘어진 가지 끝에 매달려
주홍빛 한 송이 꽃 피웠다

무엇이 그리 아쉬워
놓지 못하고 온몸을 휘어 감았을까

절절한 그리움에
눈 감으면 보고 싶어
차라리 뜨고 싶지 않았나

달빛에 비친 그리움 한 조각
붉디붉은 주홍빛을 탐하여
한 송이 능소화를 피웠다

바람에 날리는 꽃가루
아쉬움에 눈 감았지만
차라리 뜰 것을 후회하는가

애처로움에
살며시 두 눈을 감는다.

쫑알쫑알

깊은 새벽을 깨워버린
작은 새 한 마리

여명을 기다리는 하늘
귀를 쫑긋 세우며 듣고 있구나

이슬 머금은 풀잎도
깨어날 준비를 하고

나를 깨워버린 저 새는
동네 사람 모두 깨울 참인가 보다

구름도 무거운 몸을
하늘에 의지하고 있구나

유난히
시끄러운 저 새

행여 날궂이
하는 건 아닐까.

나이테

삶이라고 말했지
인생이라고도 했었다

기나긴 인고를 견뎌내며
살아온 시간들이 모여
가슴팍에 박힌 옹이도 생겼다

한 사람의 인생을 보았고
그 사람의 끝맺음도 보았다
고스란히 녹아든 삶을

봄에 삶을 시작했고
여름에 삶을 키웠으며
가을에 분신을 남겼고
겨울에 삶을 녹였다

인생이란
그러하더라.

그리운 너

새벽녘 풀잎 끄트머리에
매달려있는 이슬방울

촉촉이 젖은 공기는
폐 속 깊숙이 쉼호흡을 한다

하늘 아래 바람결 따라
구름은 누구를 만나러 가려나

눈빛으로 따라가다
놓쳐버린 그리움은
비어있는 마음 구석구석을 채운다

울리는 알람 소리처럼
가슴을 두드리면 어쩌란 말인가

한 번씩 회오리바람은
이렇게 나를 할퀴고 사라지지.

기차역에서

기다림은 끝이 없나 봅니다

많은 사람 오고 가는 플랫폼
나의 흔적 한 조각 남겨놓는다

무지갯빛 사랑을 꿈꾸면서
떠남을 생각하는 아이러니한 사랑
마지막 종착역을 위해 달려가지

붉은 노을이 사라지고
어둠이 찾아오면 기차는 움직이겠지

출발 시간을 알리는 안내방송이
들려온다

만남을 약속하지 않았듯이
떠남을 기약하지 않았다.

민들레 홀씨의 꿈

바람결에 날려온
작은 홀씨 하나
길가 어디쯤 작은 몸을 숨긴다

추웠던 한겨울 잘 견뎌내고
봄이 오기를 기다리지

돌 틈 사이 뿌리내리고
노란 꽃송이도 피웠네

민들레는 꿈을 꾸겠지

바람과 함께
멀리 아주 멀리 날아가려구

가만
길가 어디메쯤 자세히 보니
노란 민들레가 여기저기

동창회라도 하려나 보네.

향기 품은 찔레꽃

그리움은 찔레꽃 되어
가는 이의 발길 붙들고

그리움은 향기 되어
가는 이의 마음을 붙든다

아픈 마음 꽃잎 되고
아픈 상처 가시 되어
언덕배기
차디찬 바람 맞으며
그리운 이가 오기를 기다리지

해 질 녘 노을빛 찾아들면
그제서야 향기도 찾아들려나

밤하늘 가득 그리움 뿌려 놓고
새벽녘 이슬방울 모아
또르륵 떨어집니다

눈물일까
이슬일까.

구름에 가려진 달그림자

바람도 잠이 들었나보다
가끔씩 흔들리던 이파리
숨을 멈춘 듯 가만히 있는 걸 보니

저 멀리 어딘가에서
개구리들 울음소리 요란하지만 정겹다
고향의 품같이 말이다

또르륵 또르륵
떨어지며 부딪히는 빗방울
살며시 들려던 잠을 깨워버렸다

마치 고즈넉한 산사를 느낀다
숨소리조차 버겁게 느껴지니

밤하늘에 길을 내어 준 햇살
사브작사브작 뒷걸음질 치고

구름에 가려진 달그림자
산기슭 어디쯤에 숨어버렸다.

등대 불빛 따라서

고요한 쪽빛 바다를 향하여
사랑을 비추려 한다

바다 한가운데 외롭게 떠 있을 때
어둠이 집어삼킬 듯 몰려들 때에
희망을 비추려고

자그마한 섬에 홀로이 서서
넓은 바다를 내려다보며
자상한 미소를 발산하지

바다는 지배할 대상이 아닌 것을
바다를 아우를 줄 알아야 하지

파도가 집어삼킬 듯 달려들어도
외로움에 지쳐 힘이 들 때면

홀연히 나타나 어둠을 밝혀준다
사랑을 담아
희망으로 비추려

등대는 언제까지나.

양철지붕 위 별빛

잔뜩 뒤덮인 구름 속 달빛
어미 잃은 새끼마냥 숨죽이고 있다

고요한 새벽을 틈타
방울방울 떨어지는 빗방울

심장을 튕겨내듯 양철지붕 위
빗소리는 찰지게도 들리는구나

장대 같은 소낙비 쏟아질 적에
밤새 잠 못 들고 멀뚱거리다
요란스런 사랑 타령 후에도
허한 마음은 채워지지 않는다

구슬픈 귀뚜라미 울음 사이
가늘게 떨구는 마지막 빗방울

작은 창문 틈으로
별 하나와 눈이 마주쳤다.

구름 빛 하늘

그리움 하늘 끝에 닿았나
자꾸만 흐려지려고 한다

마음에 먹구름 한가득 채워놓으니
서러움에 꺼이꺼이 울음만 토하지

옷고름 고이 매고
삼베 자락 휘날리며
머나먼 꿈나라로 건너갈 제

늘어진 치맛자락 행여나 밟힐까
조심스레 한 손으로 치켜들고
사뿐사뿐 걷는 모습 천상 여인일세

남겨진 이들의 통곡 소리 뒤로한 채
홀연히 사라졌지만

얼마나 뒤돌아 보고팠을까
남겨진 이들의 얼굴 다시 한번
찬찬히 보고팠을 텐데

오랜 여운에 마음 아파할 까 봐
그렇게 홀연히 사라진다

목에서 서러움을 토한다.

조용한 상상

새벽녘 촉촉한 봄비 내리는
소리가 창문 너머로 들려오고

인적 끊긴 골목길
비가 내리니 술에 취해 소리치는
이들도 없구나

불 꺼진 방에 누워있지만
졸다 깬 지금은 눈만 말똥인다

이럴 때를 대비해 찐한 사랑이라도
해둘 걸 그랬나

아픈 사랑이라도 해볼 걸 그랬나
생각할 때마다 욕이라도 퍼붓게

아니면 지금이라도 정신 빠진
언눔 하나 꼬셔볼까나

꼬여 놓은 다리 까닥 그리며
상상 놀이도 은근 재미지네

지금도 귓가에 빗방울 떨어지는
소리가 들린다

쳐진 눈꺼풀이 무거워진다.

바람에 남겨 놓았지

캄캄한 밤 나 홀로
꽃구경하려 합니다

달님도 보이지 않고
별빛도 숨어버렸지만
하늘은 어쩜 저리도 맑은지

하지만
꽃들은 속살 드러내 놓고
흐드러지게 피었군요

불 꺼진 창들만 즐비한
도시의 외로움

바람은 온갖 거 다 날려버리면서
외로움만은 남겨 놓고 가네요

홀로 가로등 아래에서 꽃들과
주저리주저리 떠들다 갑니다

바람 타는 바람의 여인이.

사월에 눈이 내리면

흐드러지게
피어난 꽃들이 미웠나
세찬 바람은
옷깃을 여미게 하네

하늘엔 먹구름이 한가득
금방이라도 쏟아질 듯 하지

무심히 쳐다본 창가에.
조용히 날리는 진눈깨비가
나도 모르게 소리 질렀지

아직은 살아 있는 감성 고맙다 할까
감성에 지고 마는 나를 원망할까

펼쳐 든 우산은
바람에 휘청이고
날리는 눈발은
마음을 휘청인다

사월에 눈이 내리는 건
심통인 거지
분명 심통인 거야

4월에
눈이 내리다니.

너무 보고파서

소리 없이 비 내리는 날
그리움 찾아 길 떠나보려 합니다

자박자박 발걸음 걷다가
조용히 쉬어가면 좋겠지요

힘들 때 기댈 수 있는 언덕으로
지칠 때 쉴 수 있는 벤치로

소리 없이 꽃비 내리는 어느 날
보고파서 떠나려 합니다

그리움 담긴 발걸음으로
보고픔 마음 담아서 가야겠지요

새벽 첫닭 울 때까지
많은 이야기 나눌 겁니다

당신의 어깨에 기대어.

훔쳐 온 감성

봄비치고 제법 세찬 빗줄기
조용한 새벽을 깨운다

앙증맞은 제비꽃 어찌하나
노란 민들레는 어찌하라고

빗속의 여인처럼 나가볼까
무뎌 가는 감성 찾으러 가야 하나

담장 밑 웅크린 개나리 옆에
쪼그리고 앉아 청승이라도 떨고 올까

세찬 빗줄기 소리가 마음을 적신다

새벽녘 조용히 잠자던 감성에
살짝 생채기를 내었다.

눈망울 같은 목련화

수줍은 듯 살며시 피어나
환한 미소 짓고 있지만

나는 왜
톡 하고 건들면
굵은 눈물 한 방울 떨굴 거 같을까

맑고 맑은
눈망울 같은 꽃봉우리가

쳐다본 하늘은 너무나 맑은데
뽀얀 눈망울에 맺힌 이슬은
떨어질 듯 아슬아슬
가득 고인 눈물 같은지

한 줄기 바람은
슬쩍 지나쳤지만

발등 위 무심한 듯 떨어진
한 송이 목련화

때마침
굵은 소낙비 한 방울
툭 하고 떨어졌다.

어느 봄날에

햇살이 맑게 비치는 어느 봄날
사랑 찾아 떠나려 합니다

사랑은 또 헤어짐을 생각하고
그렇게 무뎌져 간다

말라버린 나뭇가지 위
지저귀는 새들의 노랫소리

소음만 듣던 귀가 맑아지고
빙그레 입꼬리가 올라간다

한 방울 두 방울 떨어지는 비
촉촉한 봄비 내리네

빗물인지 눈물인지

아지랑이 피어나는 그 어느 날
사랑 찾아 떠나볼까나

봄날 같은 가벼운 사랑.

키 작은 소나무 길

바다가 보이는 자그마한 언덕길
작은 표지판 하나 눈에 띄었다

푸른 바다를 보았고
출렁이는 파도 소리가 들렸지

그리운 이
보고픈 마음
뱃고동 소리에 띄워 놓고
하염없이 바다만 바라보았다

흩날리는 머리카락
차갑게 파고드는 바닷바람

저 멀리서
들려오는 뱃고동 소리
비릿한 갯내음은 속까지 파고든다

악을 쓰며 울고 있는 갈매기
그 사이에
나도 끼어볼까나

목까지 차오르는 숨소리
잠시 쉬어 가는 길목에서
눈에 띈 작은 표시판 하나

키 작은 소나무 길.

고요한 적막 속으로

무심히 쳐다본 하늘은
구름 한 점 허락하지 않았다

오롯이
환한 달빛만

깊은 밤 적막함에 갇힌 도시
숨조차 허락지 않는 듯 보이고

들숨 날숨 번갈아 뿜어내며
서서히 어둠을 삼킨다

하늘이 허락한 달빛은
다가올 새벽녘 안개가 싫을 테지

여명을 기다리는
도시의 치열한 삶도
하늘을 호령할 달빛의 삶도

또 다른 무대를
준비 중이다

내일이 궁금한 하루다.

심장이 뛸까

중년이라는 피딱지 위에
사랑을 담고 싶었다

메말랐다 느꼈던 가슴에
아직 살아있다는 걸 느꼈지

두근거리기도 했고
설레기도 하며
뛰기도 했지

중년이라는 감정 곱게 포장해
글로 표현하고 싶었는데
사랑 타령만 했었나 보다

감성이 아닌
감성을 가장한 껍데기뿐이었나

마음만이 아닌 가슴으로
어설픈 타령이 아닌 진심을 말이다

난 살아있기에
내 심장도 뛰겠지.

쥐 잡으러 갑니다

빨간 립스틱 발랐다
봄이라서

생명이 움트는 이 계절
나도 생명이 붙어있기에

바람은 옷깃 사이 스며들어
나를 더 움츠리게 만들지

빨간 매니큐어도 발랐다
봄이라서

주름진 손 펴서 보니
세월의 흔적 고스란히 베여
슬그머니 주머니 속으로 넣었지

따스한 봄볕에
나를 맡겨보리라

터지는 꽃망울 소리에
귀 기울이고
퍼지는 꽃향기 찾아 가 보리라

쥐 잡으러 나갑니다.

나를 잊지 말아요

한참의 시간이 흐른 뒤
돌아본 기억들과

한참의 시간이 멈춘 후
뒤돌아본 끝의 시간들

잊지 않으려고
지워지지 않으려고

다시는 오지 않을
시간의 소용돌이
한 번은 생각을 엮어봅니다

보이지 않는
끝자락의 길목에서
한참을 서 있다 돌아섭니다

잊지 않으려고
잊혀지지 않으려고.

봄바람 나면 어쩌지

룰루랄라
가벼운 발걸음
따사로운 햇살과
상큼한 바람과 함께 떠나보자

바람이 차가우면 어떠랴
가벼운 지갑이면 어떠랴

땅속에 새싹들 꿈틀거리고
마음에 봄바람 꿈틀거리네

발그스레한 볼이 이쁘고
뛰는 심장이 즐겁지

목련의 꽃봉오리도
산수화의 꽃봉오리도
봄은 이미 와있었네

나는 이미
봄바람에 흔들리고 있었지.

봄을 느끼며

느껴지는 바람
아직은 차갑지만
뺨을 스치는 바람결은 좋다

맑은 하늘에 비친 햇살
나의 눈은
애꾸눈이 되었지

차가운 벤치에 앉아 있지만
가슴이 따뜻해지는 걸 어째

싱그러운 봄바람은
벌써
나의 마음에
들어와 있었나 보다.

봄을 기다린 잡초

조용했던 대지의 꿈틀거림
봄을 향한 움직임 시작하려 한다

추웠던 지난겨울 용케도 잘 버텨
스스로 대견함을 느끼면서

가냘픈 풀이파리 하나
삐죽 고개 내민다

잡초 같은 인생
밟힐수록 더 단단해지고
더 질겨지는 생명력

따스한 햇살이 참 좋다
아이의 눈동자 같아서

촉촉한 봄비 내리면
한 뼘 훌쩍 키가 자라있겠지

살랑살랑 불어오는 봄바람
향긋한 흙내음이
싱그런 풀내음이

코끝을 살짝 스쳤다.

내가 사랑한 만큼

자그마한 사랑이었을 거야
어설픈 사랑 타령은 아니었을까

아리따운 순진한 마음에
잔잔한 파도 같은 사랑

넓은 바다가 보고 싶다
밀물처럼 다가와
썰물에 마음 아파하지

거센 파도가 바위에 부딪치며
하얀 물거품을 뿜어내는 건
파도만의 사랑법은 아닐까

가슴에 핀 한 송이 꽃
보고 있지만 보이지 않았다

사랑 한 만큼만 보일 테니까.

보내야만 하지

세월은 가려고만 하니
보내는 마음 아쉽기만 하다

잘 가라는 인사는 못 하겠지
가지 말라 붙잡지도 못하겠지

좋았던 일만 기억해야지
한 번씩 기억 저편 숨겨두었던 추억
더듬을 수 있게 말이지

아픈 기억은 잠시 잊자
마음에 숨겨놓고 꺼내지 말자구
잊혀지지 않겠지만
숨겨둘 수는 있잖아

한 해를 뒤돌아보면
비어 있는 깡통 같은 기분이다

희망이라는 끈 붙잡아야겠지
행복하다는 마음의 최면도 걸 거야

또
한 살 먹는다
나잇값은 어쩌지.

별빛과 그리움

숨죽인 차디찬 공기
조용히
새벽녘 여명을 기다리고

말간 하늘가 언제쯤일까
별들은
밝은 빛을 내며 얘기를 한다

어디선가
이슬 한 방울 떨어지니
맑고 고운 소리가 들리네

찬 서리에 얼어붙은
풀이파리
따스한 햇살을 기다리겠지

살짝 열린
창문 틈 사이로

새벽녘 찬바람이
삐죽
고개 밀고 들어온다.

하얀 겨울밤

소복이 쌓여가는 하얀 눈
가는 겨울이 많이 아쉬웠나 보다

차갑게 내리는 이 함박눈도
이제는 마지막이 될 거 같아
많이 아쉬운 걸 어찌하나

말라버린 나뭇가지에 소복이 쌓어
멋진 눈꽃나무도 만들었네

하얀 세상이 나를 반긴다

사랑 한가득 담아 하늘에 날렸지
함박눈 날릴 적에 뿌려달라고

보고픈 그대 떠올리며
하얀 세상 걸었지

한 발자욱 밟으며 떠올려보고
두 발자욱 밟으니 그립기만 하다

하얀 입김이 새어 나오고
입가에 미소가 절로 번진다.

겨울에 비가 내렸어

포근한 날씨 탓일까
창문을 두드리며 비가 내린다

뽀얀 안개와 함께 찾아와
부드러운 실루엣 걸친 거 같지

촉촉이 젖은 마음
우산 쓰고 걸어 볼까나

발끝을 적시는 빗방울
우산 끝에 맺힌 물방울

코끝을 스치고 떨어져 버리면
얼어있던 모든 것들이 녹아버리지

자박자박 발끝에 느껴지는 물기
마음 끝에 매달린 그리움

이 겨울 촉촉이 마음 적힌
겨울비가 가슴에도 내렸네.

추울 때는 붕어빵

종종걸음 치며 지나가는데
뒤통수에 따가운 시선이

머리를 비우면 바보 되니 채우고
배 속을 비우면 허기지니 채웠고
꼬리를 비우면 가벼워지니 채워서

머리부터 꼬리까지 온통 팥으로
오동통하게 만든 붕어빵의 시선을

시린 손에 받아 든 붕어빵
따뜻한 온기가 참 좋다

잠시 고민에 빠져보았어
그래도 생선인데

머리부터 먹어야 하나
꼬리부터 먹어야 하나
식기 전에 먹어야지

급한 마음에 덥석 물었지
뜨거운 팥앙금으로 인해
입천장이 홀랑 까져버렸어

한겨울 찬바람으로 추웠는데
말똥말똥 쳐다보던 붕어빵이
시린 마음 조금 채워주었지

북서풍 한파가 몰려와도
또
반갑게 만나자.

마음은 늘 그렇지

스치듯 지나친 바람
살갗에 닿는 순간 놀란다

한 번씩
아니 가끔씩

미칠 듯 보고 싶은 마음에
달려가 보지만
언제나 마음뿐이지
허공에 손짓하는 마음뿐이지

구름에 가려졌지만
달빛 같은 마음은 아닐까

어디쯤일까
길모퉁이 돌아서면 보이려나

어서
뛰어가 보자
두 팔 벌려 반겨 줄 그대이기에.

노을빛에 묶여

부드러운 속살 드러낸 갯벌 위
노을빛만이 드리워져 있다

물이 빠져버린 갯가에
오도 가도 못 하고 덩그러니
묶여있는 배 한 척

노을 진 바다 끝자락을 붙들고
망망대해를 향해서
힘차게 노를 저어 본다

빈 배에 이 한 몸 누이고
거친 바다를 항해하고 싶은데
노을빛에 묶여버렸지

거친 파도 헤치고 가다 보면
빈 배 한가득
만선의 꿈도 꾸겠지

붉은 노을 진 바다는
또 다른
희망일까.

추억 속 골목길

해 질 녘 어둠이 찾아오면
좁은 골목길은 무섭기만 했지

가로등 불빛도 없이
어쩌다 오고 가는 몇 사람뿐

골목 안 어딘가에서 들려오던
자명종 시계 소리가 무서웠고

지나가야 할 일이 있으며
오금이 저려 뛰기 바빴네

골목 중간쯤 자리 잡고 있던
과자 만드는 곳 있었어

지나가다 들러 구경하고 있으면
부러진 과자라도 얻어먹었지

해 질 녘 으스름
가로등 불빛도 없는 골목길

무서울 거 하나 없던
정겨운 골목길인데

옛날과자 하나 집어 먹으니
그때 만들었던
그 정겹던 과자가 생각난다.

괜한 서러움

눈물 한 방울 떨어지면
괜한 서러움에
눈물 두 방울 맺히지요

언제부터일까
자꾸 울보가 되어 갑니다

내리는 빗물 핑계 삼아
울어 볼까요

괜한 가슴 속 서러움에
숨소리마저도 울컥합니다

한 번씩 치받치는 마음에
또 져버리고 말았네요

참 몹쓸 서러움에
명치끝이 아려옵니다.

버거운 무게감

하늘이 무겁다 한다

빛을 잃어버린 달은
숨조차 버거워 하고

삶에 지친 나그네의 어깨에
졸린 눈꺼풀의 무게에
힘겹다 하고
버겁다 한다

땅을 딛고 서 있지만
한 발 한 발이 힘들다

무심히 지나쳤던 시간들이
바로 행복이 아니었나 싶다

야속한 시간은
오늘따라
참 더디게 흐른다.

그런 사랑 그런 사람

사랑이라 써보았습니다
누가 볼까 지워버렸네요

불어오는 가을바람이
사람이 보고프고
사랑이 그립게 만드는가 봅니다

눈가에 주름이 생길 만큼
웃게 해 줄 그런 사랑 좋겠지요

조용한 툇마루에 걸터앉아
먼 산 바라보며 생각합니다

사랑이 그리워서
사람이 보고파서

불어오는 바람결 사이로
무심한 듯 지나쳐버려

미치도록 보고파서
가슴 먹먹하게 아파오네요

그런 사랑 그립습니다
그런 사람 만나고 싶습니다.

서쪽 하늘

아쉬움 가득 안고 가야 하는 초승달
서쪽으로 서쪽으로

가야만 하는 초승달 아쉽다 하네
스산한 가을바람
슬피 우는 귀뚜라미

나를 본 초승달
살며시 실눈 뜨고 웃는다

해 저문 서쪽 하늘
적막감이 밀려오고

떠나가는 님 보낸 듯
쓸쓸함이 밀려든다

실눈 뜨고 웃어주던
초승달이 생각난다.

알고 싶어요

달빛이 너무 밝아
마음속까지 비칠 거 같다

속마음 들켜버릴까 봐
얼른 고개 돌렸지

발그레 얼굴을 붉혔다

같은 하늘
같은 달빛
같은 곳 쳐다보면서

그대도
나와 같은 생각하는지

알고 싶어요
그대의 속마음이

알고 싶나요
나의 속마음이.

나비야

어느 초여름날
작은 나비 보았지요

그날은
눈물이 하염없이 흘러
가슴팍에 멍이 들었지

슬픔에 목이 메여
커억커억 울음만 토했네

떠나보내야 하는 아픔에
떠나는 자의 한 맺힘이

어디서 날라 왔나
나풀나풀
외로운 나비 한 마리

가는 이의 아쉬움이었나
남는 자의 슬픔이었나

버스 안을 몇 번씩
왔다 갔다 하더니
어디론가 사라져버렸다

눈물이 마른 줄 알았지
떠나는 이의 마지막 배웅

숨조차 쉬이 나오지 않았다

그렇게
세월은 흘러갔건만

난
나비만 보면
그날의 기억 속에서
또 헤매곤 한다.

그대 날다

멀리뛰기를 해야 하나
높이뛰기를 해야 할까

마음에 줄 하나 매달아 놓고
뜀뛰기를 하려 하지만
아무리 뛰어 봐도 다시 제자리에

나 스스로는 끊을 수 없기에
머리로 생각하고 마음에게 물었다

한번은 겪었기에
또 한번은 싫었다

힘 빠지게 뛰지는 말자
어차피 제자리일 걸

머리와 마음이
상의해서
알려줄 때까지.

코스모스야

흔들리는 건
너뿐 만이 아니란다

살짝만 불어주는 바람에도
이렇게
쉽게 흔들리니 말이야

네가
흔들리면
나도
따라서 흔들리지

가을에 부는 건
바람이 아니라지

마음이라네

가을에 흔들리는 건
코스모스라지.

비 오는 날 족발

기억 속 한 장면 꺼내 본다

비가 억수 같이 쏟아지던
그 어느 날이었지

언니가 뜬금없이 오빠에게
장충동 족발 사러 가자고 하네
그때는 차도 없었다

족발이 귀하던 그 시절
침만 꼴깍꼴깍 삼키며
눈이 빠지도록 기다렸지

한참이 지난 후였어
비를 쫄딱 맞고 들어오는데
언니 오빠보다
족발 냄새에 온통 신경이 갔었지

다 함께 모여 앉아
하하 호호

지금도 비가 억수 같이 쏟아지면
그때 모습이 그리워진다
정겹던 그 시절이

비가 내리는 창가에 서서
빗속을 뚫고 걸어올
언니 오빠 모습도 그려 보고

자식들 먹는 모습에
흐뭇해하시던
엄마 아버지 모습도 그려 본다

오늘도
비가 억수같이 쏟아진다

비가 울까
내가 울까.

배부른 반달

배가 볼록한 반달을 보았다

구름 한 점 없는 하늘에
어쩌다 보이는 별들뿐
심심해 보이는 밤하늘이다

싸우는 소리가 들리네
세상에서 제일 재미나는 게
싸움 구경이라지

창문 빼꼼히 열고 구경

배가 볼록한 반달
내다보면서 무슨 말이 하고플까

볼록한 배를 내밀고
고개 돌려 자는 체 할까
더 싸우라고 응원할까

배불뚝이 반달에게
눈인사는 해야겠지

아니다
나도 볼록
너도 볼록
배 인사로 대신하자.

요염한 삼계닭

뜨끈한 뚝배기 한가득
다리 꼬고 닭이 뻗어있다

인간들 보신용으로
항변 한번 못해 보고
한 뚝배기 차지하고 있는
너

이마에 땀 흘리며
화장기 지워질까 조심하면서
맛있게 먹고 있는
나

너는
먹혀줘야 할 사명이라면

나는
맛있게 먹어줘야 할 사명감

지켜내지 못한
새끼들이 안타깝지만
그 또한
인간들의 욕심 때문인 걸

막바지 여름 끝나기 전에
몸보신 잘하고 간다.

키 큰 해바라기

너에게 살며시 다가가
눈인사하고 싶은데

넌 지금
허공만 쳐다보고 있구나

따사로운 햇살이 보고파
고개 들어 하늘만 쳐다보니

너와 난
눈인사 한번 못하겠지

나는
너를 향해 소리쳐 보지만
메아리 없는 외침뿐이네

있는 힘껏 까치발 들고
눈 한번 맞춰보려 했지만
오늘도 실패구나

끝없는 기다림에
오롯한 도도함으로.

요란스런 매미

아침부터
목청껏 우는 매미 소리에
잠에서 일어난다

옆집 담벼락에 붙어
오늘이 마지막 인양
악을 쓰며 울어댄다

힘들게 태어나
울음으로 승부를 걸고 떠나는
그래서
더 크게
더 요란스레
울어야 하는 매미의 일생

참자
참아야지
그래도
조금은 더
매미 보다 길게 사는
나의 일생이니까.

종이학 사랑

천 번의 그리움을 담고
천년의 마음을 담았지

꼬깃꼬깃
당신을 생각하고
꼬깃꼬깃
정성을 넣어
꼬깃꼬깃
미소 지으며 접는다

한 마리 종이학
사랑으로 날려 보내고
두 마리 종이학
그 사랑 이루어지길 바라본다

천 번을 접어도
그대에게 갈 수 없다면
천년을 엮어서라도
그대에게 다가가련다

천 번의 그리움과
천년의 사랑으로.

잠자리 날갯짓

우아한 몸짓으로 하늘을 누비는
잠자리들의 날갯짓 보았나요

뜨거운 태양과 함께
하얀 뭉게구름과 함께
얇디얇은 날개 펼치고
맘껏 하늘에 날갯짓을 한다

스치듯 스치듯이
손끝을 간지럽히는 날갯짓

닿을 듯 닿을 듯이
손에 잡히지 않는 날갯짓

푸르른 창공을 비행하는
너의 그 마음에
내 마음을 살포시 얹혀줬으며

얇디얇은 날갯짓
손끝에 파르르
전율이 전해 온다.

간이역에서

어느 마을
자그마한 기차역

무성한 풀들이
오고 가는 사람들보다 많아
무심코 지나치는 건 아니겠지요

어쩌다 가끔
들려오는 기적소리뿐

잠시 머물다 가지만
작은 흔적 하나쯤 남겨놓지요

이름 없는 간이역이라
미처 보지 못하고
지나치는 건 아니겠지

무심한 듯 의자에 걸터앉아
들려 올 기적 소리에
목 길게 빼고 기다립니다

시간
그리고
세월.

수양버들

늘어진 가지마다
아픔 하나
원망 둘
그리움 셋

늘어뜨린 가지마다
많은 사연 있다네

밤새 불어 닥친 세찬 바람
미친년 머리카락처럼
휘저어 놓고 사라지고

그리움 하나
저 멀리 보내고
조여 오는 가슴 어찌하누

바람에 갔다가
바람결에 묻어오겠지

푸르른 어느 날
사연들 풀어 놓게
모이자꾸나.

쉼

어느 화창한 봄날

흔들리는 버스에 앉아
지나가는 차장 밖 보았지

하늘은 더없이 맑고
불어오는 바람은 부드럽다

흔들리며 달리는 버스는
어디로 향하고

어느 누구를 태우려
이렇게 열심히 달리는 걸까

달리는 버스에 편안히 앉아
흔들리면 흔들리는 데로
몸을 맡겨버렸다

쉬어 가는 휴게소처럼
이 한 몸
쉬고 싶어서.

커피 그리고 그대

카페에 들어서니
부드러운 커피 향 코끝을 스친다

사랑스런 그대의
부드러운 미소 같으네

은은한 조명과
간간이 들리는 음악 소리와

나란히 걷고 싶은
작은 오솔길까지

다리 꼬고 앉아
커피를 기다리는 이 순간

눈을 감고 있으니
달콤한 향에 빠져든다

부드러움에
맡겨버리고 싶도록.

이렇게 흐린 날에는

보고픈
사람이 있습니다

이렇게 흐린 날이며
가슴팍을 치받고 올라오는
그리움이 나를 힘들게 하지

그리운
사람이 있습니다

방울방울 떨어지는 빗방울처럼
안타까운 마음에
스멀스멀 올라오는 보고픔이
나를 힘들게 하지

살며시 눈을 감으며
기다립니다

마음이
가라앉을 때까지.

별 둘

문득
창가에 서서
밤하늘 올려다보았지요

수없이 많은 별
밝게 빛을 내고 있지만

지금
내 눈에 보이는 건
단 두 개의
별뿐이지요

다른 건
아무것도
보이지 않네요

눈에 담은
별 하나
마음에 새긴
별 둘.

엄마 아버지

엄마
아버지
한번
큰 소리로 부르고 싶다

부른다고
들을 수가 있을까
보고 싶다고
뵐 수가 있을까

사무치게
그리웁고
보고 싶지만
눈 속에서만 볼 수 있고
마음으로만 느낄 수 있는
그대는
내 부모님이십니다

눈물이 맺히네요
엄마
아버지도
나를 많이 보고 싶다 하겠지요
난
그렇게
믿고 싶습니다

큰소리로 외쳐봅니다
살아오면서
한 번도
해보지 못한 말

사랑합니다.

개가 짖는다

저 멀리 어딘가에
개 짖는 소리가 들리고

수고양이의 찝쩍거림에
암고양이의 앙칼진 울음

조용한 골목길 어디쯤
조심히 걸어가는 행인의 발소리

조심조심 지나가려 했는데
예민한 개한테 딱 걸려버렸다

짖고 싶어 안달 난 개와
짖지 않기를 바라는 행인의 마음

개가 짖는 건 당연하지
개로 태어난 사명감인 걸

개소리 듣는 건 싫어하면서
개 소리는 왜 내는 걸 까

살금살금 행인의
조심스런 발걸음이 느껴진다.

장미꽃 한 다발

꽃향기가 너무 좋아
장미꽃 한 다발 샀지요
내 손으로요

길가에 수많은 꽃
만발했지만
난 장미꽃 샀지요

선물 받고 싶었지만
사줄 사람이 없기에
직접 내 손으로 샀지요

장미와 난
닮았다고
박박 우겨봅니다.

4월에 꽃눈이 내리면

길가에 떨어진 벚꽃잎들
바람결에 흩날리며
꽃비가 내렸지요

하얀색 벚꽃잎
연분홍 벚꽃잎들
길가에 소복이 쌓인 게
밤새 눈이 내린 줄 알았네요

나는요
하마터면 울 뻔했지요

사뿐히 밟으며
가슴에서 울 뻔했구요
떨어진 벚꽃잎들
아까워서 울 뻔했지요

나는요
명치끝이 아려와
하마터면 울 뻔했지요

벚꽃 눈 흩날리던
4월의 어느 날에.

봄내음

똑똑똑
싱그런 봄 햇살
마음을 두드리네

똑똑똑
상큼한 봄바람
가슴도 두드리네

어찌해야 하나요
열어줘야 할까요
못 들은 척해야 할까요

똑똑똑
꽃향기로 유혹하네요

봄내음
한가득 가져와
마음을 두드리네요.

꿈속에 살며시

그리움에 눈 감았다가
보고픔에 눈을 뜹니다

나 몰래 살며시 왔다가
눈인사만 하고 가려 했나요

오늘 밤
꿈속 데이트 어떤가요

창가에 비친 달빛에
넋 놓고 앉아 기다리렵니다

오지 않는 걸 알기에
더 애타는 마음으로

별빛 데이트는 어떤가요
불 꺼진 창가에 기대어 서서

기다립니다
오늘 밤
꿈속 데이트.

안주빨

노가리 먹고 싶어
노가리 샀다네

술은 먹지 못하지만
입은 살아 있기에
노가리 샀다네

노가리 먹고
노가리 까고 싶은데
안주빨만 최고지

남편 얘기도
자식 얘기도
옆집 싸우는 얘기도
정치판 얘기도

노가리 먹으며
노가리 까며
노닥노닥
수다 삼매경

내일은 무슨 얘기로
노가리 까볼까나.

눈물이 고여

그리운 님의 모습
마음에 그려보다
눈물이 고였습니다

보고픈 님의 모습
가슴에 새겨 보다
눈물이 흐르네요

두 볼을 타고
흐르는 눈물로
코끝이 아려옵니다.

넝쿨 사랑

사랑 줄기에
보고픈 가지를 뻗고
그리움을 줄기 쳐서
담쟁이 넝쿨이 되어
그대에게로 뻗어 갑니다

이별 줄기에
슬픔의 가지를 뻗고
아픔이라는 줄기 쳐서
담쟁이 넝쿨이 되어
그대에게서 멀어지려 합니다

가지 끝 묻어있던 그리움이
그대에게 아픔이었을까

가지 끝에 매달린 작은 행복
영원히 함께하고 싶지

두 마음 하나 되어
그대에게로 다가갑니다.

3월에 찾아온 너

찬바람이 몸을 휘어감을 때
찾아온
너

바람 따라 살랑살랑 춤추며
밖으로 나오라
유혹하는
너

짜릿함과 황홀감에 빠져
몸과 마음
너에게 맡겨 버렸지

책임져.

가을 사랑

당신은
반쪽 마음만
나에게 남겨 두고
전부를 준 듯하지요

당신은
한쪽 팔만
나에게 걸쳐 두고
전부를 준 듯하네요

나는
당신의
반쪽 사랑이 아닌
완전한 사랑을 원한답니다

부는 바람에
흔들리는 촛불마냥
나를 잡아 줄
꼿꼿한 심지가 필요합니다

떨어질 낙엽 같은
사랑 필요 없지요

진하디 진한 청록색 같은
사랑 필요합니다

당신의 완전한 사랑을.

추억 맞추기

비록
떨어져 있지만
마음은 늘 같이 있지요

보이지 않지만
당신과 나만의 기억
서로 연결되어 있지

보고플 때 못 보면
기억 속 숨겨진
추억 하나하나씩 꺼내어
조각조각 맞추고 보면
신기하게도
맞추어진 추억은
눈앞에서 살아 움직인다

앞서거니
뒤서거니
걸어도 가고

미소 띄운
환한 얼굴
마주 보고 웃기도 하고

그렇게
또 하루

당신과의 추억 더듬어
하나씩 하나씩
맞추어 보네요

잊고 싶지 않아서.

한방울톡

물기 가득 머금은 눈가에
이슬이 맺힌다

떨어질 듯 맺힐 듯
방울방울 모아 놓고

누구를 기다리나
누구를 찾고 있나
촉촉하게 젖어버린 눈가

하염없이 기다리는 이가
행여나 찾는 이가

오지 못할까 봐
젖은 눈가 가득
이슬 맺혀 놓고도

떨구고 싶지만
오지 못한 마음이

애달플 것 같아
무심한 듯 기다릴 뿐이네.

가는 세월아

아이들 웃음소리는
지나온 세월도
잠시 잊게 만들지

시간이 저만치 흘러가니
어느덧
검은 머리에도 반백의 흔적이

주위를 돌아보았다

앙상해진 나뭇가지에는
쓸쓸함이 배어 있고
말라버린 낙엽에는
외로움이 묻었다

아이들 재잘거림은
내가 살아있음을 느끼지

작은 입 벌리며
모이 달라 떼쓰던 아이들
이제는 나보다 훨씬 커버렸다

하루가 지나가고
세월이 흘러간다.

진짜 사랑을

가슴 콩닥이는
사랑을 하고 싶었다

마음이 설레이는
사랑을 하고 싶었는데

마음속으로만 간직해야 하고
가슴 속으로만 묻어두고야 하지

누가 알아볼까
누군가 눈치챌까
마음에 꽁꽁 숨겨 두었지

사랑을 하고 싶다
가슴만이 아닌 마음만도 아닌
진짜 사랑을

가슴 콩닥 이고
마음 설레이는
진짜 사랑을.

아니 벌써

쫄래쫄래 엉덩이 흔들며
장바구니 들고 마트 갔지요

가만 이게 뭐야
눈에 확 띄는 게 있네요

할매 할배 되면 필요하겠지
아니면
혼자 사는
홀애비들의 전유물이겠지

나에게는 필요 없다 했는데
어느 순간 없으면 불편했지요

아니네요
나에게도 꼭 필요하데요
나만 그런가

기다랗고 못생겼는데
하지만 효자랍니다

너
정말 밉다 미워.

어린 날의 기억 속으로

문득문득 생각난다
보고프고 그리운 얼굴들이
아련한 기억들이

자다가 이불에 쉬~ 하고
몰래 접어서 넣어두었지

언니랑 머리끄댕이 잡고
싸우기도 했었다

하지 말라는 건 왜 그리
하고만 싶었는지
그러나
엄마한테 디지게 혼나고

하나씩 하나씩 열어 보자
추억 뚜껑을

엄마 얼굴도
아버지 얼굴도
언니 오빠 얼굴도 보이네

어릴 적 추억 속에 풍덩 빠져
기억 너머 추억 속에 헤엄치다가
세월의 흐름도 잊은 채
나오기 싫어지면 어떡하지

미리 구명조끼 챙겨 입고
들어가야 하나

아련히 떠오르는
어린 날의 추억 속으로
풍덩.

사랑을 알까

꽃피는 봄이 오면 찾아오려나
사랑으로 가득 찬 마음이

어느 날 불쑥 찾아오지는 않을 거야
봄날 아지랑이처럼 오려나

가끔 너무 냉정한 가슴과
싸늘하게 식어버린 마음에
깜짝깜짝 놀라기도 하지

사랑이 찾아오면 알겠지
애써 외면해버리지는 않을 거야

바람처럼 스치듯 지나가면
그 사랑 알아보려나

추운 겨울이 지나고
꽃피는 봄이 오면 찾아오면
돌아올까
잊고 있던 마음에.

쓴 커피와 데이트

나른한 오후
운전 중 졸음에 못 이겨
자그마한 휴게소에 들른다

심통 맞은 햇살은
놀아 달라 떼쓰는 아이같이
광선총을 쏘며 달려들지

뜨겁게 목을 타고 넘어가는
쓴 커피 맛에 정신은 들지만

커피와 마주 앉아 있으니
외로움이 스멀스멀 올라온다

낯설은 휴게소 한 귀퉁이에 앉아
잠시
쓴 커피와 데이트를 즐긴다.

한 장의 사진이

딸은 말이야
결혼해 애기 낳아 보면
부모 마음 안다던데
그 마음 잊고 있었다

세 아이 낳고 키우면서
내 곁에 안 계신 부모님
원망스러웠는데

너무 일찍 내 곁을 떠나셨기에
엄마 아버지 얼굴
아무리 떠올려 보려 해도
기억나지 않았지

조카가 보내준
한 장의 사진

곱디고운 한복 차려입으시고
나란히 앉아 찍으신
마지막 사진을

울컥
가슴에서 뜨거움을 느꼈다

그제서야 떠오르는
잊고 있었던 부모님 얼굴

원망이 묻어 있어
잊어버린 건 아니었을까

일찍 가셨기에
막내딸
안 보고 싶은지 묻고 싶고
외손주들
안 보고 싶나 묻고 싶었다

이렇듯
한 장의 사진으로 인해
나는
울보가 되어버렸다.

찾았다

봄이라지만
아직은 쌀쌀한 봄 날씨

찾았다

꼭꼭
숨어있던 민들레
살짝 다가가서
몰래 사진 찍었지요

깜짝 놀랬나 봐
더 노래졌어요

시린 손을
하얀 입김으로 버티며
요리조리
고개 돌려가며 찾았지요

추운데
왜 그리 늦게 피었을까
꼭꼭
잘 숨어 있어야 해

심술쟁이
바람에게 들키지 않게 말이야

혹시
내가
심통쟁이는 아닐까.

눈꽃 커피

새하얀 눈꽃들
바람과 함께 춤을 추다가

덩그러니 놓여 진
식어 가는 커피잔에
살짝꿍 내려와 앉았지

어머나
눈꽃 너 때문에
차가워진 아이스커피가 되었어

바람 따라 나풀나풀 날리다가
마음에도 들어와 버렸지

코끝이 시려도
손끝이 아리지만
차가운 눈꽃들과 함께 있으니

마음은
이미 눈들과 날고 있네

커피 향도 함께.

첫눈이랑

소리 없이 살포시
새하얀 눈이 내린다

첫눈이다

살며시 떨어지다가
나랑 눈이 마주쳤어요
살며시 웃으며
나랑 눈이 또 마주쳤지요

첫눈 내리던 날 추억거리
떠오르지를 않네요

하지만
올해의 기억
올해의 추억
하나 만들었지요
첫눈이랑요

내년에 다시 올 테니
꼭 만나자고요

약속했어요
두 눈끼리.

커피가 나를

카페 문을 연 순간
진한 커피 향이 어서 오라며
나를 맞이하네

향기에 못 이겨 한 모금
향기에 반하여 두 모금
쓴맛에 반하여 세 모금

뜨거운 향기가 온몸을 휘감고
진한 커피 향이 코끝을 스친다

탁자에 턱 괴고 앉아 밖을 보니
말간 햇살이 나를 보고 있네

너무 좋다
나른한 오후다.

열정

친구가 운다
서러움을 토하면서

떠나간 사랑에 아파하고
떠나버릴 마음에 힘들어하면서

남아있는 열정이 부럽고
불태울 수 있는 정열이 부럽다

잠시 잠깐 부러웠을까
나에게 반문해 보았다
대답조차 할 수 없는 나

어설픈 사랑놀음이었을까
스스로 사랑이라 착각했을까

마음이 시리다
차가운 시멘트 바닥에
큰대자로 누워있는 거 같다

친구가 울었다
같이 울어볼 걸 그랬나.

고목

죽은 듯이 보였지만
죽은 게 아니더라

따스한 햇살 아래
꼬물꼬물 나오는 새순들

내 것 다 내어 주고
고통의 껍질 벗겨져도
더 주지 못함에 아파하지

어느 날인가
봉긋 꽃봉오리 맺혔더라

늙어 고목이 되었지만
나의 생명 끝날 때까지는

죽은 듯 보이지만
죽은 게 아니더라

새 생명을 잉태하기 위해
이 한 몸 다 바쳐가며
마지막까지 끈을 놓지 않지

에미의 마음은
죽은 듯 보이지만
죽은 게 아니더라.

나

수줍음 많던 아이였지
웃음도 참 많았는데

세월이 흐르다보니
여리디 여린 줄 알았던 그 아이도
어느새 나이가 들어간다

주름진 얼굴이 싫고
메말라가는 마음도 싫고
웃음기 없어진 입가도 싫었다

하지만
마음은 아직도 여리디여린
소녀였지

지나간 세월 생각해보니
눈가가 촉촉이 젖는다

지나간 시절과
지나간 추억들
가슴에 한 아름 안고
지내보렵니다.

꽃무릇 사랑

갸느린 붉은 꽃
보는 것만으로도 애처로워
가슴이 아리다

맺지 못해 아픈 사랑
갸느린 꽃으로 피워내니
마음이 더 아프다

당신을 향한 간절함 마음에
돌아서 가는 발걸음

이루어질 수 없는 사랑에
떨구어진 고개

달빛에 비춰 진
꽃무릇
오늘따라 더 붉기만 하구나
애처롭고
또
애처로워라.

고장 난 시계

시간은 마냥 흘러간다
째깍째깍

한 번 가버리면
다시 돌아오지 않을 시간이

눈 속에 담아두니
추억이 되고
가슴에 묻어 두니
그리움이 되더라

어느 날 갑자기
싹둑 잘려나간 듯
기억에서 지워버릴 수도 있겠지

시간은 그렇게 흘러간다
똑딱똑딱

뭉텅구리
어디다 흘린 지도 모르고
여기저기 찾아 헤맨다

비어버린 하늘에
구름 조각 찾듯이
멍 때리다 놓쳐버린
정신줄 찾듯이 말이다

그렇게
고장 나 멈춰 버린
시계처럼 말이야.

구름 그림

파란 하늘과 흰 구름
붓으로
구름으로
그림을 그리자

이쁜 집을 그릴까
이쁜 양도 그려볼까
보슬보슬 강아지도
상상만 해도 참 좋다

두둥실 날아가 볼까
저 푸른 하늘 위를

커피 한잔 앞에 놓고
하늘 한번 쳐다보니
저절로 그림이 그려지네

그래
한번 그려 보자
신나게

어때
여긴
내 세상인걸.